LES FESTES VENITIENNES,

BALLET

REPRÉSENTÉ

PAR L'ACADEMIE ROYALE

DE MUSIQUE,

POUR LA PREMIÉRE FOIS,

Le 17 Juin 1710.

Repris Le 10 Mars 1713. Le 14 Juin 1731.
Le 10 Juillet 1721. Le 19 Juillet 1740.

Et Remis le Mardi 16 Juin 1750.

PRIX XXX SOLS.

AUX DEPENS DE L'ACADEMIE.

A PARIS, Chez la V. DELORMEL & FILS, Imprimeur de ladite Academie, rue du Foin, à l'Image Ste. Geneviéve.

On trouvera des Livres de Paroles à la Salle de l'Opéra.

M. D.C.C. L.

AVEC APPROBATION ET PRIVILEGE DU ROY.

Les Paroles de Monsieur DANCHET.

La Musique de Monsieur CAMPRA.

ACTEURS CHANTANS

Dans les Chœurs.

CÔTÉ DU ROI.		CÔTÉ DE LA REINE.	
Mesdemoiselles.	*Messieurs.*	*Mesdemoiselles.*	*Messieurs.*
Dun.	Lefebvre.	Cartou.	Gratin.
Tulou.	Le Page c.	Rollet.	Le Mesle.
Delorge.	S. Martin.	Daliere.	Bertrand.
Larcher.	Dun, fils.	Masson.	Dumats.
Cazeau.	Fel.	Chefdevile.	Hordé.
LeTourneur.	Bourque.	Gondré.	Levasseur.
Lablotiere.	Duchenet.	Hery.	Chapotin.
La Croix.	Rochette.	Folliot.	Favier.
Sallaville.	Le Roy.	Sommervile	Feret.
	Selle.	Duval.	Touchain.
	Roze.		

ACTEURS.

LE CARNAVAL, Mr. Le Page.
LA FOLIE, Mlle. Coupée.
SUIVANS DU CARNAVAL.

PERSONNAGES DANSANS.

SUIVANS DE LA FOLIE.

Fou, Mr. SODY.
Fou, Mr. TESSIER. *Fole*, Mlle. la BATTE.
Foux, Mrs. Lelievre, Gobert.
Foles, Mlles. Sauvage, Pacho.
Vieux, Mrs. Caillé, Bourgeois,
Vieilles, Mlles. Puvignée m. Deſchamps.

MASQUES COMIQUES.

Mrs. Saunier, Lavale.
Mlles. Belnot, Julie.

LE CARNAVAL ET LA FOLIE,

PROLOGUE DES FESTES VENITIENNES.

Le Théâtre représente la Place de Venise ; & dans l'éloignement, les Isles qui sont en vûë de cette Place.

SCENE PREMIERE.

LE CARNAVAL, Troupe DE MASQUES.

LE CARNAVAL.

L'Eclat de ce séjour tranquille, au sein des mers,
Attire cent Peuples divers,
Charmez de sa magnificence ;
Mais il n'est jamais plus pompeux,
Que lorsque les Ris & les Jeux
S'y rassemblent par ma présence.

Gardez-vous de troubler nos doux amusemens ;
Fuyez, sombres Chagrins; fuyez, Sagesse austere :
Volez, Amours, volez, abandonnez Cythere,
Venez sur des bords plus charmans.

CHŒURS.

Volez, Amours, volez, abandonnez Cythere,
Venez sur des bords plus charmans.

LE CARNAVAL.

Vous y trouverez mille Amans
Occupez du soin de vous plaire.

CHŒURS.

Volez, Amours, volez, abandonnez Cythere,
Venez sur des bords plus charmans.

LE CARNAVAL.

Pour cacher un tendre mystere,
J'offre d'heureux déguisemens :
Volez, Amours, volez, abandonnez Cythere,
Venez sur des bords plus charmans.

CHŒURS.

Volez, Amours, volez, abandonnez Cythere,
Venez sur des bords plus charmans.

SCENE II.

LE CARNAVAL, LA FOLIE.

La Suite de la FOLIE entre en dansant.

LA FOLIE.

ACcourez, hatez-vous,
Goûtez les charmes de la vie ;
Je les dispense tous,
Il n'en est point sans la Folie.

Les plaisirs regnent dans ma Cour,
C'est moi seule qui les inspire :
Je sers de guide au tendre Amour.
Et je partage son empire.

Accourez, hâtez-vous,
Goûtez les charmes de la vie ;
Je les dispense tous,
Il n'en est point sans la Folie.

Je ramene les tendres jeux,
Je chasse la raison cruelle ;
Venez, vous serez trop heureux,
Si vous êtes délivrez d'elle.

Accourez hâtez vous,
Goûtez les charmes de la vie ;
Je les dispense tous.
Il n'en est point sans la Folie.

Les Suivans du CARNAVAL *& de la* FOLIE, *forment le Divertissement.*

LE CARNAVAL, LA FOLIE, ET LES CHŒURS.

Chantons, & nous réjouissons ;
Laissez-nous, raison trop severe ;
Nous donner d'austeres leçons,
N'est pas le moyen de nous plaire.
Chantons, & nous réjouissons,
Laissez-nous, raison trop sévere.

FIN DU PROLOGUE.

LES

LES DEVINS
DE LA PLACE
SAINT MARC

ACTEURS.

LEANDRE, *Cavalier François*, M. de Chassé.
ZELIE *jeune Vénitienne déguisée en Bohëmienne*, Mlle. Chevalier.
BOHEMIENNE, Mlle. Romainville.
DEVINS, BOHEMIENS & BOHEMIENNES.

PERSONNAGES DANSANS.

BOHEMIENS & BOHEMIENNES.

Mlle. CAMARGO.

Mr. DUPRE'.

Mrs. Lavalle, Hamoche, Feuillade, le Lievre, Laurent; Gobert,

Mells. St Germain, Courcelle, Thiery, Beaufort, Victoire, Désirée.

LES DEVINS.

Le Théâtre représente la Place Saint Marc.

SCENE PREMIERE.

UNE BOHEMIENNE, ZELIE *déguisée en* BOHEMIENNE.

LA BOHEMIENNE.

NOTRE Climat jamais n'eût rien de comparable

Aux attraits qui brillent en vous :
Que ma troupe feroit aimable,
Si vous pouviez toûjours demeurer parmi nous !

ZELIE.

Je ne mérite point un langage si doux.

LA BOHEMIENNE.

Chacun, d'une ardeur non commune,
Vient nous consulter dans ces lieux :
Qu'un cœur seroit content de sa bonne fortune,
S'il la lisoit dans vos beaux yeux !

Mais, ne puis-je sçavoir quelle est votre entreprise ?
Pourquoi sous notre habillement,
Vous voulez aujourd'hui ! . . .

ZELIE.

Vous en êtes surprise ?
Pour vous en éclaircir, écoutez un moment.

Un jeune Amant, parti des rives de la Seine,
A depuis quelque temps paru dans ce séjour :
On diroit qu'il porte ma chaîne ;
Avec empressement il me suit chaque jour,
Et souvent dans la nuit, d'une voix la plus tendre,
Près des lieux que j'habite, il vient me faire entendre
Tout ce que peut dicter l'Amour.

LA BOHEMIENNE.

C'est par des amorces pareilles,
Que l'Amour est souvent vainqueur :
Quand on sçait charmer les oreilles,
On est bien-tôt maître du cœur.

ZELIE.

Je ne le cele pas : j'ai peine à m'en deffendre,
Mais je le crois volage & je voudrois apprendre
Quels ſont ſes ſentimens ſecrets :
Il ſe plaît à vos jeux, ſi je le vois paroître ;
Sous cet habillement, en lui cachant mes traits,
Je tâcherai de le connoître.

LA BOHEMIENNE.

Après avoir donné ſon cœur
Eſt-il temps de vouloir connoître ce qu'on aime ?
Une Amante dans ſon ardeur
Cherche à ſe tromper elle-même.

ZELIE.

Non, non, ſi ſon amour ne répond pas au mien,
Peut-être je pourrai rompre un fatal lien.

ENSEMBLE.

Un cœur fidele qui s'engage
S'expoſe au plus cruel danger :
Quel tourment d'aimer un volage,
Et de ne ſçavoir pas changer !

LEANDRE *paroît au fond du Théâtre.*

ZELIE.

C'eſt lui qui vient : pour le ſurprendre
Je veux l'obſerver & l'entendre.

Elles ſortent.

SCENE II.

LEANDRE.

AMour, favoriſe mes vœux,
Ne ſois point offenſé, ſi mon cœur eſt volage;
Prendre ſouvent de nouveaux nœuds,
C'eſt te rendre ſouvent hommage.

Lorſque j'ai triomphé d'un cœur,
Je médite une autre victoire;
Brûler d'une infidelle ardeur,
C'eſt travailler ſans ceſſe à te combler de gloire.

Amour, favoriſe mes vœux,
Ne ſois point offenſé, ſi mon cœur eſt volage;
Prendre ſouvent de nouveaux nœuds,
C'eſt te rendre ſouvent hommage.

SCENE III.

LEANDRE, ZELIE, en Bohemienne.

ZELIE entre en danſant ſur le Théâtre.

JEune Etranger, veux-tu ſçavoir
Ta bonne ou mauvaiſe fortune ?
Ma ſcience n'eſt point commune
Dans le grand art de tout prévoir.

LEANDRE.

Je ne veux point prévoir le plaiſir ni la peine,
Pour être au rang des cœurs contens :
La crainte d'un malheur m'inquiéte & me gêne,
Et je goûte bien moins un bonheur que j'attends.

ZELIE.

Que ta crainte finiſſe,
Eprouve quels ſont mes talens :
Du moins ſur tes projets galans,
Veux-tu que mon art t'éclairciſſe ?

LEANDRE.

Sur mes projets d'amour je crains peu l'avenir,
Vous pouvez m'en entretenir.

ZELIE.

Par mes ſublimes connoiſſances
Je lis dans les ſecrets des Dieux :

Et dans ta main ou dans tes yeux
Je connoîtrai ce que tu penses.

Elle prend la main de LEANDRE.

Que vois-je ? dans ces lieux
A combien de beautez tu promets ta tendresse !
Tu sçais parler d'amour, tu l'exprimes des mieux,
Sans que d'un trait constant jamais ce Dieu te blesse.

LEANDRE.

Je croyois vos discours un effet du hazard ;
Mais je vais admirer votre art.
Il est vrai, je suis infidelle,
Par tout ce qui me plaît je me sens arrêté :
Le cœur ne fut jamais le tribut d'une Belle,
Il est celui de la Beauté.

ZELIE.

Deux objets dans Venise ont vû briller ta flâme,
Et je sçais bien pourquoi tu n'en sens plus l'ardeur.

LEANDRE.

Quoi ! Vous pouvez sçavoir ?...

ZELIE.

Tu regnes dans leur ame,
Elles ne touchent plus ton cœur.

LEANDRE.

Dois-je me piquer de constance
Dès que d'un tendre objet le cœur paroît charmé ?
Ce seroit démentir les lieux de ma naissance,
D'être toûjours Amant, lorsque je suis aimé.

ZELIE,

ZELIE, en reprenant la main de LEANDRE.

Pour une nouvelle Maîtreſſe,
Je vois qu'un nouveau ſoin te preſſe !

LEANDRE.

Croyez-vous que bien-tôt je puiſſe l'enflâmer ?

ZELIE.

Elle eſt fiere, & jamais elle n'eut de foibleſſe.

LEANDRE.

Non, ne penſez pas m'allarmer.
Je ſçais contraindre un cœur rebelle
A m'engager ſa liberté :
Je voudrois pour la nouveauté,
Pouvoir trouver une cruelle.

ZELIE.

Je prévoi que bien-tôt ton cœur ſera content :
Elle veut un amour conſtant.

LEANDRE.

Je jure avec tranſport la plus vive tendreſſe,
Je jure que jamais elle ne peut finir :
Il m'eſt toujours aiſé d'en faire la promeſſe,
Et mal aiſé de la tenir.

ZELIE.

Ecoute par mon art ce que je vais prédire.
Aujourd'hui dans nos Jeux
Tu verras l'Objet de tes vœux :
Lui-même aura ſoin de t'inſtruire
Du ſuccès de tes feux.

SCENE IV.

LES DEVINS, LES BOHEMIENNES de la Place Saint Marc, entrent en danſant ſur le Théâtre.

CHŒUR.

VEnez, empreſſez-vous, Amans, venez entendre.
Quel ſera le ſuccès de vos ſoins amoureux :
Par notre art, vous pouvez apprendre
Tous les événemens heureux ou malheureux.

Divertiſſement.

CANTATE.

ZELIE.

Sans troubler le repos du ténébreux empire,
Juſques dans l'avenir, nous avons l'art de lire.

Amant, ſi vous êtes conſtant,
Toûjours empreſſé, toûjours tendre ;
Il eſt aiſé de vous apprendre
Quel eſt le ſort qui vous attend.

Quel objet pourroit ſe défendre ?
Eſperez, vous ſerez content :
L'inſtant eſt marqué pour ſe rendre ;
L'Amour amene cet inſtant,
Pourvû que vous vouliez l'attendre.

Amant, ſi vous êtes conſtant, &c.

On danſe.

Venez fieres Beautez, écoutez nos chansons,
Songez à profiter de nos tendres leçons.
Vous soûmettez à votre empire
Une foule d'Amans :
Si vous les méprisez, je ne puis vous prédire
Que des regrets & des tourmens.

❁

L'Amour qui vole sur vos traces,
Ne regne que dans les beaux ans ;
Il va s'enfuir avec les graces
Que vous donne votre printemps.

Vous perdez des jours favorables,
Où vos yeux pourroient tout charmer ;
Quand vous ne serez plus aimables,
Que vous servira-t'il d'aimea ?

L'Amour qui vole sur vos traces,
Ne regne que dans les beaux ans ;
Il va s'enfuir avec les graces
Que vous donne votre printemps.

On danse.

A la fin du Divertissement LEANDRE *se leve, & paroît inquiet.*

SCENE V.

LEANDRE, ZELIE.

LEANDRE.

Votre art est peu certain; je ne vois point paroître
L'Objet que j'avois souhaité.

ZELIE.

D'un espoir séducteur je ne t'ai point flatté;
Il faut te le faire connoître.

Elle se démasque.

LEANDRE.

Que vois-je?

ZELIE.

Tu m'offrois de dangereux liens.
Je sçai tes sentimens, tu peux juger des miens.

Elle sort.

LEANDRE.

Il le faut avouer; son adresse est extrême,
Et je ne pouvois la prévoir;
Mais ce trait cependant montre assez qu'elle m'aime,
Suivons-la, je n'ai point encor perdu l'espoir.

FIN DES DEVINS.

L'AMOUR SALTINBANQUE.

ACTEURS.

FILINDO, *Chef des Saltinbanques*, Mr. le Page.

ERASTE, *jeune François*, *Amant de* LEONORE. Mr. Jelyot.

LEONORE, *jeune Vénitienne*, Mlle. Duperay.

NERINE, *surveillante de* LENORE, Mr. De la Tour.

LAMOUR, *Saltinbanque*, Mlle. Coupée.

SALTINBANQUES.

PERSONNAGES DANSANS.

MASQUES COMIQUES.

ESPAGNOLS, Mr. LANY & TESSIER.

ESPAGNOLETTE, Mlle. CARVILLE.

Polichinelle, Mr. SODY. *Colombine*, Mlle. VICTOIRE.

Mlle. DALLEMAND.

Espagnols, Mrs. Le Lievre & Laval.

Espagnollettes, Mlles. Thiery & Beaufort.

	Messieurs.		Medemoiselles.
Arlequin,	Beat	*Arlequine*,	Courcelle.
Scaramouche,	Saunier.	*Scaramouchette*,	Desirée.
Mezetin,	Feuillade.	*Mezetine*,	Belnot.
Pentallon,	Gobert.	*Venitienne*,	Julie.
Polichinelle,	Laurent.	*Colombine*,	Parquet.

L'AMOUR SALTINBANQUE.

Le Théâtre répréſente une Place Publique.

SCENE PREMIERE.

FILINDO, Chef d'une Troupe de Saltinbanques : ERASTE, jeune François, déguiſé en Eſpagnol, un maſque à la main.

FILINDO, ERASTE.

FILINDO.

AMANT, que votre trouble ceſſe ;
Lorſqu'un aimable Objet vous bleſſe ;
Voyez quels ſont vos Médecins :
L'Amour dans vos maux s'intereſſe,
Et je ſeconde vos deſſeins.

ERASTE.

C'eſt trop long-temps cacher ma peine,
Leonore a touché mon cœur,
Je veux lui découvrir ma ſecrete langueur;
Mais mon attente eſt toûjours vaine:
On l'obſerve avec ſoin, on la ſuit en tous lieux,
Je n'ai pû juſqu'ici lui parler que des yeux.

FILINDO.

Les yeux dans l'amoureux empire
Sont les interprêtes des cœurs.
Un regard languiſſant prouve un tendre martyre,
Mieux qu'un diſcours rempli de fleurs.
Les yeux dans l'amoureux empire,
Sont les interprêtes des cœurs.

ERASTE.

Le langage des yeux eſt d'un charmant uſage,
A deux cœurs bien unis il offre mille appas;
Mais que ſert ce langage,
Si l'un des deux ne l'entend pas?

FILINDO.

Une Belle ſouvent dans l'âge le plus tendre,
Ne ſçait pas le parler,
Qu'elle commence de l'entendre:
Si l'Objet qui vous charme eſt encore à l'apprendre,
Mon zele va ſe ſignaler,
Il n'eſt rien que pour vous je ne puiſſe entreprendre.

Leonore

Leonore dans ce séjour
S'amuse quelquefois aux innocens Spectacles,
Qu'au Public assemblé je donne chaque jour;
Je prépare des jeux qui vaincront les obstacles
Que l'on oppose à votre amour.

Il apperçoit LEONORE *avec une* SURVEILLANTE.

C'est elle qui paroît. On la suit: Le temps presse;
Cachons-nous à ses yeux, allons tout préparer.

ERASTE.

Que le sort favorise, ou trompe ma tendresse,
D'un cœur reconnoissant je puis vous assurer.

SCENE II.

LEONORE, NERINE Surveillante.

NERINE.

Songez, songez à vous défendre,
Tout Amant est un imposteur.

Par l'attrait d'un discours flatteur,
Il ne cherche qu'à vous surprendre.

Songez, songez à vous défendre,
Tout Amant est un imposteur.

LEONORE.

Me tiendrez-vous toûjours cet importun langage?
Vos ſoupçons éternels doivent me faire outrage?
Sans vous, ſans vos conſeils, je puis garder mon cœur.

NERINE.

Songez, ſongez à vous défendre.

LEONORE.

Faudra-t'il toûjours vous entendre?

NERINE.

Tout Amant eſt un impoſteur.

LEONORE.

Valere, Octave, en vain prétendent me contraindre
A reſſentir l'amour.

NERINE.

Veniſe dans ſon ſein leur a donné le jour,
Ils ne ſont pas les plus à craindre:
Mais ce jeune Etranger...

LEONORE.

Helas!

NERINE.

Vous ſoûpirez!
La France l'a vû naître, il eſt galant, aimable,
De tous ceux que vous attirez,
Je le crois le plus redoutable.

LEONORE.

J'ignorois que ſans ceſſe attaché ſur mes pas,
Cet Amant de mon cœur voulût ſe rendre maître.
Ce que je ne connoiſſois pas,
Vos ſoupçons me l'ont fait connaître.

Si la conſtance de ſa foi
Me contraint un jour à me rendre ;
Non, ce n'eſt plus à moi,
C'eſt à vous qu'il s'en faudra prendre.

NERINE.

Vous le croïez conſtant ? Ah ! Redoutez les feux
Des Amans que produit ce Climat dangereux.
Si vous les mépriſez, leur amour eſt extrême,
Rien n'égale l'ardeur de leurs tendres deſirs ;
Mais quand ils ſçavent qu'on les aime,
Ils ſont plus inconſtans que l'Onde & les Zephirs.

LEONORE.

Par des portraits peu véritables,
On nous trompe dans nos beaux jours ;
Pour nous faire peur des Amours,
On peint les Amans redoutables.

NERINE.

Vous m'en dites aſſez ; cet Amant vous ſéduit !
De mes ſages leçons eſt-ce donc là le fruit ?

LEONORE.

Je pourrois bien un jour mériter vos allarmes.
Je crois que les Amours n'ont que de faux brillans,
J'ai toûjours mépriſé leurs armes ;
Mais je conçois qu'il eſt des charmes
A tromper des yeux ſurveillans.

NERINE.

Je le vois, rien ne vous arrête ;
Rebelle à mes conseils....

LEONORE.

Laissez-moi voir la Fête.

NERINE.

Je vous l'ai dit cent fois : Gardez bien votre cœur,
Songez, songez à vous défendre.

LEONORE.

Faudra-t'il toûjours vous entendre ?

NERINE.

Tout Amant est un imposteur.

SCENE III.

L'Amour paroît avec sa suite. Il est revêtu d'Ornemens pareils à ceux des Saltinbanques qui le précedent, & il n'est caracterisé que par un Arc qu'il tient dans sa main. Il va se placer sur un Théâtre élevé par les Plaisirs & les Jeux qui l'accompagnent sous des formes comiques.

L'AMOUR, FILINDO, ERASTE, LEONORE, NERINE & LES CHŒURS.

FILINDO, & les CHŒURS.

HAtez-vous, accourez, volez de toutes parts,
Nous vous amenons de Cythere
Ce qui peut charmer vos regards,
Notre soin vous est nécessaire :
Hâtez-vous, accourez, volez de toutes parts.

Tandis que la Surveillante s'occupe à voir la Fête, ERASTE s'approche de LEONORE, & s'entretient avec elle.

L' *AMOUR.*

Venez tous, venez faire emplette,
Je vends le secret d'être heureux ;
Je fais dispenser ma recette
Par les Plaisirs & par les Jeux.

La froide indifference est une maladie
Funeste aux jeunes cœurs ;
Je remedie,
A ses langueurs.

Venez tous, venez faire emplette,
Je vends le secret d'être heureux ;
Je fais dispenser ma recette
Par les Plaisirs & par les Jeux.

L'ennuy d'une ame insensible
Est un dangereux poison ;
Pressez-en la guérison,
Mon secret est infaillible
Dans votre jeune saison.

Venez tous, venez faire emplette,
Je vends le secret d'être heureux ;
Je fais dispenser ma recette
Par les Plaisirs & par les Jeux.

On danse.

L'AMOUR.

Effet admirable
De mon ſçavoir ;
Tout devient aimable
Par mon pouvoir.

La Jeuneſſe en eſt plus brillante,
Et la Vieilleſſe moins péſante,
La laideur ſe perd par mon fard,
La Beauté paroît plus touchante
Avec le ſecours de mon art.

Effet admirable
De mon ſçavoir ;
Tout devient aimable
Par mon pouvoir.

Au plus timide cœur je donne du courage,
J'anime le plus indolent,
J'adoucis une ame ſauvage,
Je rends vif l'eſprit le plus lent.

Effet admirable
De mon ſçavoir ;
Tout devient aimable
Par mon pouvoir.

Les Plaiſirs qui ſont à la ſuite de l'Amour, forment un Divertiſſement comique.

L'AMOUR.

Le prix d'un ſi grand bien, peut-être, vous étonne ?
Je ne le vends plus, je le donne :
Au bon vieux tems des Amadis,
Je le mettois à trop haut prix.

J'exigeois des ſoupirs, des pleurs, de la conſtance,
Un cœur ſincere, un cœur diſcret,
Et qui même ſans récompenſe,
Fût content de languir, de brûler en ſecret.

Ce n'eſt plus la mode
Des Amants conſtans :
L'Amour s'accomode
Au défaut du tems.

Un peu de contrainte,
Un cœur complaiſant,
Une flâme feinte
Suffit à préſent.

Ce n'eſt plus la mode, &c.

ERASTE ſe leve, & vient avec LEONORE, ſur le Théâtre.

ERASTE à LEONORE.

Non, il eſt un fidele Amant,
Qui porte vos fers, qui vous aime.

LEONORE.

L'Amour dans vos diſcours me paroît plus charmant,
Que lorſqu'il ſe vante lui-même.

NERINE.

Ah ! Vous trompez mes soins !

ERASTE.

Ne contrains plus nos feux,
Cesse de nous être contraire,
Obtenons l'aveu de son Pere ;
Espere tout de moi, si je deviens heureux.

L'AMOUR.

Le Tems s'écoule
Il faut le ménager ;
Venez en foule
Je suis un Marchand passager.
Je fais peu de séjour, je pars sans qu'on y pense,
Vous regretterez ma présence ;
Hâtez-vous d'acheter : Et vous Plaisirs charmans,
Préparez à leurs yeux de doux amusemens.

Le Divertissement continuë.

CHŒUR.

Accourez, que chacun s'empresse,
L'Amour présente à vos désirs
L'Antidote de la tristesse,
Et la source des vrais plaisirs.

Profitez dans votre bel âge
D'un bien qui vous rendra contens,
Voulez-vous, pour en faire usage,
Attendre qu'il n'en soit plus temps.

FIN DE L'AMOUR SALTINBANQUE.

LE BAL.

ACTEURS.

ALAMIR, *Prince Polonois, habillé à la Françoise.* Mr. De Chassé.

THEMIR, *Gentilhomme de la suite d'*ALAMIR*, déguisé en Prince Polonois.* Mr. Poirier.

IPHISE, *Venitienne.* Mlle. Romainville.

MAISTRE DE MUSIQUE, Mr. De la Tour.

MAISTRE DE DANSE, Mr. Lyonnois. Mr. Deviſſe.

VENITIENS & VENITIENNES, *maſqués.*

PERSONNAGES DANSANS.

MASQUES GALANTS.

Mlle. CAMARGO.

Mrs. Bourgeois & Cayée.

Mlles. Deſchamps & Séelle.

Mr. VESTRIS.

Mlle. PUVIGNE'E.

MASQUES COMIQUES.

Mr. LANY & Mlle. DALLEMAND.

Meſſieurs:		Meſdemoiſelles.	
Eſpagnol,	Le Lievre.	*Eſpagnolette*,	Pacho.
Matelot,	Gobert.	*Matelotte*,	Julie.
François,	Hamoche.	*Françoiſe*,	St. Germain.

Payſans, Mrs. Laurent & Beat.

Payſannes, Mlles. Victoire & Briſeval.

LE BAL.

Le Théâtre représente une Galerie préparée pour un Bal.

SCENE PREMIERE.

ALAMIR, THEMIR.

THEMIR.

SEIGNEUR, trop de délicatesse
Trouble votre felicité :
Vous aimez dans Venise une jeune Beauté,
Et vous ne la charmez que par votre tendresse.

Elle ignore qu'en vous un Prince est son Amant,
Et, pour juger encor de sa persévérance,
Paré de votre nom, sous votre habillement,
Je fais briller l'éclat d'une haute puissance.

Du plus parfait amour
Je feins de ressentir toute la violence ;
Mais les Fêtes, les Jeux que j'offre chaque jour
N'affoiblissent point sa constance.

ALAMIR.

De ses vrais sentimens j'ai voulu m'éclaircir,
Ce projet a rendu ma flâme plus heureuse.

THEMIR.

Il est rare de réussir
Par cette épreuve dangereuse.

Le désir d'un rang glorieux
Eteint les ardeurs les plus belles :
Il est bien moins de cœurs fidelles,
Qu'il n'est de cœurs ambitieux.

ALAMIR.

Et c'est ce qui troubloit mon ame,
Je n'osois me livrer aux transports de ma flâme.

Un Amant élevé dans l'éclat des grandeurs,
En amour n'est jamais paisible ;
Il peut toûjours douter si c'est à ses ardeurs,
Ou si c'est à son rang qu'une Amante est sensible.

THEMIR.

Tout conspire à vous rendre heureux,
Ne vous imposez plus une dure contrainte :

Iphise apprenant votre feinte,
Pourra la pardonner à l'excès de vos feux.

Par vos ordres exprès j'ordonne un Bal pompeux :
Deux Maîtres renommés qu'à vû naître la France;
Doivent en préparer & les Chants & la Danse :
Vous y verrez l'Objet de vos plus tendres vœux.

ALAMIR.

Tu sçais par quel moyen tu me feras connoître.

THEMIR.

Allez, je vois paroître
Les Ordonnateurs de nos jeux.

SCENE II.

THEMIR, UN Mtre. DE MUSIQUE, UN Mtre. DE DANSE.

LE Mtre. DE MUSIQUE & LE Mtre. DE DANSE.

De nos communs efforts vous devez tout attendre.

LE Mtre. DE MUSIQUE.

Ballet charmant!

LE Mtre. DE DANSE.

Musique tendre!

LE Mtre. DE MUSIQUE.

Ah! C'est vous,

LE Mtre. DE DANSE.

Ah! C'est vous.

ENSEMBLE.

Qui l'emportez sur moi.

THEMIR.

J'admire ce flatteur langage;
Mais parmi vous, est-ce un usage
De vous louer de bonne foi?

LE M^re. DE MUSIQUE.

Grace au Ciel, de mon Art je connois le sublime,
Tout céde à mes divins transports :
Je puis dans le feu qui m'anime,
Du Chantre de la Thrace effacer les accords.

LE M^tre. DE DANSE.

Mes pas sont autant de merveilles,
Ils sont brillants & gracieux;
Je sçais l'art de tracer aux yeux,
Les sons qui frapent les oreilles.

LE M^tre. DE MUSIQUE.

Aux yeux des Matelots
Faut-il peindre un orage ?
Je porte par tout le ravage,
Je fait siffler les vents, je souleve les flots.

LE M^tre. DE DANSE.

Si des vents en courroux il faut montrer la rage,
Par divers tourbillons j'en deviens un image.

LE M^tre. DE MUSIQUE.

Faut-il inspirer le repos ?
Au tranquille Sommeil je prête des pavots.

LE M[tre.] DE DANSE.

D'un ſonge agréable
Je peins la douceur :

D'un ſonge effroyable
Je fais voir l'horreur.

LE M[tre.] DE MUSIQUE.

Si j'évoque les morts de leurs demeures ſombres ;
Je puis faire trembler les plus audacieux.

LE M[tre.] DE DANSE.

Sous le terrible aſpect d'un Demon furieux
Je puis épouvanter les ombres.

LE M[tre.] DE MUSIQUE.

Je célébre l'Amour ſur mille tons divers,
Je vante le Printems, les Zephirs, la Verdure ;
On croit entendre dans mes Airs,
Un Roſſignol qui chante, un Ruiſſeau qui murmure.

LE M[tre.] DE DANSE.

J'anime les Bergers heureux,
Qui par une Danſe legere
Semblent ſur la verte fougere
Tracer l'image de leurs feux.

LE

LE Mre. DE MUSIQUE.

Par une brillante ſaillie
Je fais honneur à l'Italie.
Volate Amori ,
Ferite tutti i cori.

LE Mre. DE DANSE.

Et moi je ſais . . .

THEMIR.

Allez, je vois quelqu'un paroître,
Allez, tout aprêter :
Pour Maîtres dans vos Arts je dois vous reconnoître,
Au ſoin que vous prenez tous deux de vous vanter.

SCENE III.

ALAMIR, IPHISE.

ALAMIR.

POurrois-je me flatter de regner dans votre ame,
Lorſqu'un Prince charmé de l'éclat de vos yeux,
Joint à l'hommage de ſa flâme,
Tout ce qui peut toucher un cœur ambitieux ?
La gloire, la magnificence
Accompagnent par tout ſes pas ;
Et je n'oppoſe à tant d'appas
Que mon amour & ma conſtance.

IPHISE.

Cruel ! Quelle eſt votre rigueur ?
Par cet injuſte effroi n'offenſez point mon cœur.

Vous ſçavez que je vous aime ,
Je fais mon bonheur ſuprême
De vous charmer à mon tour :
C'eſt dans une ame commune ,
Que l'éclat de la Fortune
Peut triompher de l'Amour.

ALAMIR.

Quoi ! Vôtre cœur pourroit refuſer la victoire
Aux charmes d'un rang éclatant !

IPHISE.

Je ne veux que la gloire
De vous rendre conſtant.

ALAMIR.

Ah ! C'en eſt trop , Beauté charmante ,
Partagez d'un Amant la fortune brillante ,
Il vous offre un bonheur certain ;
Que ſous d'aimables loix un doux himen vous range,
Conſentez que l'Amour vous venge
Des fautes du Deſtin.

IPHISE.

Dans quels ſoupçons, Ingrat, me jette ce langage !

ALAMIR.

Le Ciel en vous formant vous a fait un outrage.
Les ſentimens du cœur & le charme des yeux
Furent votre partage ;
Mais vous deviez briller dans un rang glorieux,
Il faut qu'un Mortel qui vous aime,
Vous offre la grandeur ſuprême
Que devoient vous donner les Dieux.

IPHISE.

Ah ! J'ai perdu votre tendreſſe,
Ce vain diſcours eſt une adreſſe
Qui cache un changement fatal :
Non, il n'eſt pas poſſible
Qu'un Amant bien ſenſible
Parle pour ſon Rival.

ALAMIR.

Aimez un Prince, aimez....

IPHISE.

Tu le veux donc, Perfide?

ALAMIR.

Si vous ne l'aimez pas, je ne puis être heureux.

IPHISE.

C'en eſt fait : je ſuivrai le tranſport qui me guide,
Pour me venger de toi, j'approuverai ſes feux,
Mon juſte déſeſpoir... Je le voi qui s'avance !
Ingrat, je t'aime encor, malgré ton inconſtance.

SCENE IV.

ALAMIR, IPHISE, THEMIR.

THEMIR.

PRince, les Jeux sont prêts ;
Sans vos ordres exprès ,
Je ne dois point...

IPHISE.

O Ciel !

ALAMIR.

Que la Fête commence.

SCENE V.

ALAMIR, IPHISE.

IPHISE.

QU'entens-je ! Quel est ce discours ?
N'en puis-je sçavoir le mystere ?

ALAMIR.

Iphise, j'ai voulu vous plaire,
Sans avoir de mon rang employé le secours.

Mon cœur est assuré du votre,
Pardonnez cette feinte à la plus vive ardeur :
Partagez avec moi la suprême grandeur,
Dont tout l'éclat n'a pû vous toucher pour un autre.

IPHISE.

Je ne vois en vous qu'un Amant,
Votre amour seul touche mon ame.

ALAMIR.

Ah ! Que mon bonheur est charmant,
Et qu'il augmente encor ma flâme !

ENSEMBLE.

Aimons-nous, aimons-nous,
Qu'à jamais l'Amour nous enchaîne ;
Richesses, grandeur souveraine,
Sans lui, rien ne peut être doux ;
Aimons-nous aimons-nous.
Qu'à jamais l'amour nous enchaîne.

SCENE VI.

LES MAITRES DE MUSIQUE & de DANSE viennent avec une foule de Masques dansans & chantans, & le Bal commence.

CHŒUR.

QUe les Ris, que les Jeux dans cet heureux séjour,
Avec tous ses attraits, fassent regner l'Amour.
Tendre Amour, dans la nuit c'est toi seul qui nous guides,
Tu la fais préférer aux jours les plus charmans;
Tu rends dans ces momens
Les Amans plus hardis, les Beautez moins timides.

On danse.

IPHISE.

Non, non, jamais de liberté,
Quand c'est l'Amour qui nous enchaîne.
Un Amant en est enchanté,
Il se plait même dans sa peine.
Lassé des fers d'une inhumaine
Il ose appeller la fierté;
Mais si la raison la ramene,
Le cœur lui répond irrité,
Non, non, jamais de liberté,
Quand c'est l'Amour qui nous enchaîne.

On danse.

FIN DU BAL.

APPROBATION.

J'Ai lû par ordre de Monſeigneur le Chancelier une ſixiéme édition *du Ballet des* FESTES VENITIENNES; Poëme qui a toûjours été repris avec ſuccès au Théâtre. A Verſailles ce huit Juin mil ſept cent cinquante.

DEMONCRIF.

PRIVILEGE DU ROY.

LOUIS par la grace de Dieu, Roy de France & de Navarre : A nos amés & feaux Conſeillers, les Gens tenans nos Cours de Parlemens, Maîtres des Requêtes ordinaires de nôtre Hôtel, Grand'Conſeil, Prevôt de Paris, Baillifs, Sénéchaux, leurs Lieutenans Civils, & autres nos Juſticiers qu'il appartiendra, Salut. Nôtre très cher & bien amé le Sieur LOUIS-ARMAND EUGENE DE THURET, cy-devant Capitaine au Regiment de Picardie; Nous a fait repréſenter que, par Arreſt de nôtre Conſeil du 30 May 1733. Nous avons revoqué le Privilege qui avoit été accordé au Sieur le Comte & ſes Aſſociez, pour raiſon de l'Academie Royale de Muſique, ſes circonſtances & dépendances, & rétabli ledit Privilege en faveur dudit Sieur Expoſant, pour en joüir par lui, ſes Aſſociez. Ceſſionnaires & ayans-cauſe aux charges & conditions portées par ledit Arreſt, pendant le temps & eſpace de vingt-neuf années, à compter du premier Avril de ladite année 1733 & que pour l'exploitation dudit Privilege, ledit Sieur Expoſant ſe trouve obligé de faire imprimer & graver les Paroles & la Muſique des Opera qui doivent être repréſentés; mais que pour cet effet il a beſoin de notre Permiſſion & des Lettres qu'il Nous a très-humblement fait ſupplier de lui accorder. A CES CAUSES, voulant favorablement traiter ledit Expoſant : Nous lui avons permis & permettons parces Preſentes de faire imprimer & graver *les Paroles & Muſique des Opera, Ballets & Fêtes qui ont été ou qui ſeront repreſentés par l'Academie Royale de Muſique, tant ſéparément que conjointement*, en tels Volumes forme, marge, caractere, & autant de fois que bon lui ſemblera, & de les faire vendre & debiter partout notre Royaume; pendant le temps de vingt-neuf années conſecutives à compter du jour de la datte deſdites Préſentes. Faiſons défenſes à toutes perſonnes de quelque qualité & condition qu'elles ſoient d'en introduire d'Impreſſion ou Gravures Etrangere dans aucun lieu de notre obéiſſance: Comme auſſi à tous Imprimeur, Libraire, Graveurs, Imprimeurs Marchands en Taille-Douce, & autres de graver, ni faire graver d'imprimer, ou faire imprimer, vendre, faire vendre, débiter ni contrefaire leſdites Impreſſions, Planches & Figures de Paroles, de Muſique des Opera, Ballets & Fêtes, qui ont été ou qui ſeront repreſentez par ladite Academie Royale de Muſique, tant ſéparément que conjointement en tout ni en partie, ſans la permiſſion expreſſe & par écrit dudit Sieur Expoſant, ou de ceuxqui auront droit de lui; à peine de confiſcation tant des Planches & figures que des Exemplaires contrefaits, & des Uſtanciles qui auront ſervi à ladite contrefaçon, que Nous entendons être ſaiſis en quelque lieu qu'ils ſoient trouvez, de dix mille livres d'amende contre chacun des Contrevenans, dont un tiers à Nous, un tiers à l'Hôtel-Dieu de Paris, l'autre tiers audit Sieur Expoſant, & de tous dépens, dommages & intérefts, à la charge que ces Préſentes feront enregiſtrées tout au long ſur le Regiſtre de la Communauté des Libraires & Imprimeurs de Paris, dans trois mois de la datte d'icelles; que la Gravure & Impreſſion deſdites Paroles & Opera ſera faite dans notre Royaume & non ailleurs, enbon papier & beaux caracteres, conformément aux Reglemens de la Librairie, & notamment à celui du dix Avril 1725. & qu'avant de l'expoſer en vente les Manuſcrits gravés ou imprimé ſeront remis dans le même état où l'Approbation y aura été donnée ès mains de notre très-cher & feal Chevalier Garde des Sceaux de France, le Sr Chauvelin; qu'il en sera remis deux Exemplaires de chacun dans notre Bibliotheque publique, un dans celle de notre Château du Louvre, & un dans celle de notre très-cher & feal Chevalier Garde des Sceaux de France le Sr Chauvelin. Le tout à peine de nullité des Présentes; Du contenu desquelles Vous mandons & enjoignons de faire jouir ledit Sieur Exposant, ou ses Ayants-cause, pleinement & paisiblement sans souffrir qu'il leur soit fait aucun trouble ou empêchement. Voulons que la Copie desdites Présentes, qui sera imprimée tout au long au commencement ou à la fin dudit Ouvrage, soit tenue pour dûement signifiée; & qu'aux Copies collationnées par l'un de nos amés & feaux Conseillers & Secretaires, foy soit ajoûtée comme à l'Original. Commandons au premier notre Huissier ou Sergent, de faire pour l'exécution d'icelles tous Actes requis & necessaires, sans demander autre permission, & nonobstant Clameur de Haro, Chartre Normande & Lettres à ce contraires. CAR tel est nôtre plaisir. DONNE' à Fontainebleau Paris le douziéme jour du mois de Novembre, l'An de Grace mil sept, trente-quatre, & de notre Regne le vingtiéme: *Et plus bas*, Par le Roy en son Conseil. *Signé* SAINSON, avec paraphe.

Registré sur le Registre VIII. de la Chambre Royale des Libraires & Imprimeurs de Paris, N. 797. fol. 779. conformément aux anciens Réglemens, confirmés par celui du 28 Février 1723. A Paris le 23 Novembre 1734.

O. MARTIN, *Syndic.*

De l'Imprimerie de la Veuve DELORMEL, & Fils, Imprimeur de l'Académie Royale de Musique, ruë du Foin, à Sainte Geneviéve & à la Colombe Royale.

www.ingramcontent.com/pod-product-compliance
Lightning Source LLC
LaVergne TN
LVHW010005230826
846092LV00002B/664

* 9 7 8 2 3 2 9 6 6 0 3 7 0 *